RECHERCHES

SUR LES OUVRAGES

DES BARDES

DE LA BRETAGNE ARMORICAINE

DANS LE MOYEN AGE.

RECHERCHES

SUR LES OUVRAGES

DES BARDES

DE LA BRETAGNE ARMORICAINE

DANS LE MOYEN AGE,

Lues à la Classe d'Histoire et de Littérature ancienne de l'Institut, le 30 décembre 1814.

PAR G. DE LA RUE,

Chanoine honoraire de l'Eglise Cathédrale de Bayeux, Professeur d'Histoire à l'Académie de Caen, Correspondant de l'Institut Royal de France, Membre de la Société des Antiquaires de Londres, des Académies Royales de Rouen, de Caen, etc.

SECONDE ÉDITION, REVUE ET AUGMENTÉE.

A CAEN,

De l'Imprimerie de F. POISSON, rue Froide.

1817.

RECHERCHES

SUR LES OUVRAGES

DES BARDES

DE LA BRETAGNE ARMORICAINE

DANS LE MOYEN AGE.

Long-temps avant que les Troubadours fissent retentir le midi de la France de leurs chants harmonieux, et que les Romans épiques des Trouverres répandissent dans le nord l'esprit et les vertus de la chevalerie, il était à l'occident du royaume un peuple qui, parlant la langue des Celtes, avait aussi sa poésie particulière ; poésie sans doute supérieure, puisqu'elle était écrite dans une langue fixée depuis tant de siècles ; poésie d'ailleurs infiniment précieuse pour nous, puisqu'elle pouvait nous offrir quelques points de contact entre la littérature française et la littérature primitive des Gaulois.

Mais, soit que l'étude de la langue armoricaïne ait été une tâche trop pénible pour les écrivains modernes , soit qu'ils aient regardé comme impossible de trouver des monumens littéraires dans cette langue , la littérature antique de cette partie de la France , est restée jusqu'à nos jours dans l'oubli le plus profond.

Envain sur un sujet aussi intéressant , attendrait-on quelques lumières des nombreux historiens de la Bretagne armoricaine. Si l'histoire de cette province a été contradictoirement approfondie sur plusieurs points , il faut regretter que dans les discussions qu'elle fit naître , l'amour-propre et un patriotisme mal entendu aient fait perdre de vue le point le plus important , puisque les écrivains des deux partis négligèrent entièrement l'histoire littéraire de l'Armorique dans le moyen âge. Mais les Bretons ne voulaient que des libertés et des priviléges , et leurs historiens ne cherchèrent pour eux , dans l'antiquité , que des preuves d'une indépendance qui n'est pas encore démontrée.

Il est vrai que Warton prétend que Dom Lobineau parle de l'ancienne poésie des Armoricains à chaque page de son histoire de la Bretagne (1). Mais le savant auteur de l'*Histoire de*

---

(1) The hist. of english poetry, vol. 1. disser. 1st.

la poésie anglaise, n'avait sûrement pas consulté lui-même l'historien breton, où il avait fait quelque méprise; car Dom Lobineau ne dit absolument rien de la poésie armoricaine. Une chose même assez remarquable, c'est que tous les autres historiens de la petite Bretagne gardent le même silence, tandis que les Trouverres des XIIe., XIIIe. et XIVe. siècles ne cessèrent jamais de rendre hommage aux Bardes de cette province, et qu'en France, comme en Angleterre, on traduisit plusieurs de leurs ouvrages, qui devinrent des modèles pour nos premiers poëtes. Nous verrons même que leurs chants pénétrèrent jusques chez les peuples du nord, et furent admirés des Scaldes norwégiens.

Ce qui doit étonner encore davantage, c'est que les écrivains distingués qui firent, en France et en Angleterre, une étude spéciale des ouvrages des Trouverres, et qui pouvaient par-là même nous éclairer sur la poésie armoricaine, ou lurent trop superficiellement ces auteurs, ou négligèrent de nous faire part des connaissances qu'ils avaient acquises en les lisant.

Les uns, comme Fauchet, se bornèrent à nous donner les noms de quelques Trouverres, les titres de leurs ouvrages et quelques vers de leur façon.

Les autres, comme Galland et l'abbé Lebeuf, sachant qu'ordinairement nos premiers poëtes se nomment au commencement ou à la fin de leurs ouvrages, se contentèrent quelquefois de parcourir les premières et les dernières pages des manuscrits. Alors, perdant de vue qu'ils pouvaient contenir, comme réellement ils contenaient souvent, des ouvrages différens, ils attribuèrent à des auteurs, des écrits qu'ils n'avaient jamais composés ; ils en firent des citations fausses, et se privèrent par-là des lumières qu'une lecture complète et suivie n'aurait pas manqué de leur procurer (1).

D'autres enfin, comme Tressan et le Grand d'Aussi, ne voyant dans les Trouverres que des écrivains agréables, s'empressèrent de faire passer dans notre français moderne quelques morceaux de leurs poésies, mais sans nous dire que ces auteurs avouent souvent qu'ils ont pris dans la littérature armoricaine, des modèles qui servirent à faire briller la littérature française dès son aurore.

Il est vrai que dans le dernier siècle, un homme très-versé dans la langue bretonne, insinua qu'elle n'avait jamais eu de poëtes, et déclara

____

(1) Mém. Inscript., vol. 2 et 17.

même qu'elle n'était pas susceptible de versifica-
cation. « Nous ne voyons pas, dit l'éditeur de Dom
» Lepelletier, dans la préface de son Dictionnaire,
» nous ne voyons pas que nos anciens Bretons
» aient cultivé la poésie ; et la langue, telle qu'ils
» la parlent, ne paraît pas pouvoir se prêter à
» la mesure, à la douceur et à l'harmonie des
» vers (1) ». Langage étrange , quand l'auteur
parle, dans son Dictionnaire bas-breton , de plusieurs poëmes en langue bretonne ; assertion er-
ronée , puisqu'elle est démentie par les auteurs
grecs et latins qui rendirent unanimement hommage aux talens des Bardes gaulois, et réfutée
par les éloges que les écrivains du moyen âge
accordèrent à l'envi aux Bardes armoricains.

Pour faire connaître ces auteurs , je ne pro-
duirai pas , comme Macpherson , des poëmes
dont l'authenticité pourrait être contestée, je ci-
terai les ouvrages , le témoignage des écrivains
qui les vantent , les traductions qui nous en
restent , les manuscrits qui les renferment, et
à mesure que je rapporterai ce que les Trouverres français et anglo-normands ont dit de flatteur sur la poésie des Bretons armoricains, on
saisira facilement l'influence qu'elle dut avoir

---

(1) Dict. bas-breton , p. ix de la préface.

sur notre poésie française et sur celle de An-glais.

Pour procéder avec ordre dans ce mémoire, je vais partir du XVe. siècle pour remonter chronologiquement aux siècles antérieurs.

D'abord, pour le XVe. siècle, Dom Lepelletier convient que de son temps le plus ancien ouvrage, connu en langue bretonne, était *les Prophéties de Gwinglaff*, et qu'il fut composé en vers rimés vers l'an 1450. Il parle aussi d'un *poëme sur la destruction de Jérusalem*, et d'une *vie de St - Gwenolé*, premier abbé de Landevenec (1). Mais, comme il atteste que le premier ouvrage est le plus ancien, ne cherchons pas à cette époque des notions plus étendues sur la poésie armoricaine, puisque le littérateur, qui aurait dû nous les fournir, déclare qu'il n'en a ni de plus amples ni d'une époque plus reculée.

Passons alors au XIVe. siècle. Le poëte Chaucer, dans ses *Comtes de Contorbery* (The Canterbury tales), fait le plus grand éloge des poëtes armoricains : « Ils furent gentils, dit-il, ces vieux » Bretons , qui composèrent dans leur langue

______

(1) *Ibid*, aux mots *arabat* et *bagat*, et p. 8 de la préface ; et le nouveau traité de diplomatique, vol. 4, fig. 516.

» antique des Lais sur plusieurs événemens mé-
» morables , et qui les chantèrent en s'accom-
» pagnant avec leurs instrumens (1). »

Thise olde gentil Bretons in hir dayes
Of diverse aventures maden layes ,
Rimeyed in hir firste breton tongue
Which layes with hir instrumens they songe ,
Etc.
In Armorike that called is Bretaigne ,
Etc.

Le même poëte insère plusieurs de ces Lais dans son ouvrage , et il les appelle des *Lais bretons* ou *des Lais armoricains* (2).

D'autres poëtes anglais mirent en vers à la même époque un grand nombre de pièces de ce genre. Les uns disent qu'elles sont traduites du bas-breton ; les autres assurent que leur traduction était faite d'après le français , mais que l'original était tiré des Lais bretons qu'on chantait dans les anciens temps :

This is on of Brytagne layes /
That was used by olde dayes ,
Etc. (3).

---

(1) The Canterbury Tales of Chaucer by thom. Tyrwhitt , édit. in-4°. p. 447.

(2) *Ibidem* passim.

(3) Lay d'Emare , publié par Ritson dans ses *Ancient english metrical Romances.*

Malheureusement ces originaux et les traductions françaises mentionnées par les versificateurs anglais , paraissent également perdus ; du
moins on ne les trouve ni dans les bibliothèques de Londres , ni dans celles de Paris , et il
ne nous reste que les versions anglaises publiées
par MM. Ritson , Ellis et Tyrwhitt (1).

Une observation importante , qui résulte de
la lecture de ces anciens Lais conservés par les
poëtes anglais , c'est que leurs auteurs font men-
tion d'autres Lais beaucoup plus anciens. Ils parlent même du premier des Lais bretons , sans
qu'on puisse dire si par-là ils entendaient le
mieux fait ou le plus anciennement composé.
Mais on ne retrouve que deux de ces ouvrages
dont on vante l'antiquité : le premier , traduit
en anglais , est parmi les manuscrits du roi d'Angleterre (2) , et le deuxième dans la bibliothèque
Bodleïenne (3). Le dernier fut originairement
composé par Garaduc , héros de la pièce , et mis
en vers français par Robert Bikez , Trouverre

---

(1) Ritson opus citat. supra. Ellis 's Specimens of the
english poets , *et* Specimens of early metrical romances. Tyrwhitt loco citato.

(2) Bibl. reg. 17. B. XLIII.

(3) Bibl. Bodl. , n°. 1687.

anglo-normand. Les Trouverres français paraissent avoir connu ce Lai, et en avoir fait le sujet
du *Fabliau du court mantel*, et celui de
l'Heureux chevalier, qu'ils nomment Cradeck.

Enfin, dans le même siècle, l'auteur du joli
poëme intitulé *le Songe du Dieu d'amour*,
décrivant le pont qui conduit au palais de ce
Dieu, fait un éloge flatteur de Lais bretons,
lorsqu'il dit :

> De Rotruenges était fait tot li pons,
> Totes les planches de dits et de chansons,
> De sons de harpes les estaces del fons,
> Et les saliies des doux Lais des Bretons (1).

Dans le XIIIe. siècle nous avons plus de détails
sur les ouvrages de ce genre.

D'abord, Marie de France traduisit en vers
français un grand nombre de Lais armoricains.
La collection qu'elle nous en a laissée est uni-
que, ainsi que le manuscrit qui la renferme ; on
la trouve dans la bibliothèque Harleïenne, n°.
978. Les autres bibliothèques de l'Europe n'en
peuvent fournir que quelques pièces éparses dans
les anciens manuscrits (2).

A la tête de sa traduction, Marie a mis une

____

(1) Mss. de la Bibl. Royale Paris, n°. 7595.

(2) Bib. reg. Paris, n°. 7989, etc.

préface dans laquelle elle adresse son ouvrage à un Roi qu'elle ne nomme pas , mais qui paraît être Henri III , roi d'Angleterre. Elle nous apprend que c'était jadis un usage général dans la Bretagne armoricaine , de mettre en vers les événemens mémorables , et elle rend hommage aux anciens Bretons , pour avoir maintenu une coutume qui , conservant le souvenir des faits historiques , était un avantage pour les lettres, et une récompense pour la vertu.

> Moult ont été noble Barun
> Cil de Bretaigne li Bretun ;
> Jadis souleient par pruesce
> Par curteisie et par noblesse ,
> Des aventures qu'il oieient
> Ki à plusieurs gens aveneint ,
> Faire des Lais pur remembrance
> Que ne le mist en oubliance
> Etc.   (1)

Mais comme dans ce témoignage on eût pu confondre la grande avec la petite Bretagne , Marie , pour ne pas frustrer les Bretons armoricains de la gloire qui leur est due , ne manque pas de dire qu'elle parle de la dernière. Selon elle , on y chantait ces Lais en s'accompagnant avec la harpe ou avec la rote ; elle ajoute qu'elle ne les avait

---

(1) Bibl. Harl., n°. 978. Lai de Quitan Sire de Nantes.

pas seulement entendu chanter , mais encore
qu'elle les avait lus. Il est même impossible de
ne pas croire que c'était dans la langue originale,
car elle emploie souvent des mots de cette langue , et elle a soin de les traduire quelquefois en
français et toujours en anglais. Enfin elle assure
que ces ouvrages étaient *moult anciens*, et qu'a-
vant elle , d'autres traducteurs les avaient déjà
mis en langue Romane. Alors elle partage ses
éloges entr'eux et les écrivains originaux :

> Des Lais pensai k'oï aveie ,
> Ne dutai pas , bien le saveie ,
> Ke pur remembrance les firent
> Des aventures k'il oïrent ,
> Cil ki primes les comencierent
> E ki avant les romancierent.
> Plusurs en ai oï conter
> Nes voil laisser , ne oblier
> Etc.   (1)

> Les contes que je sai verais .
> Dunt li Bretun unt fait les Lais
> Vos conterei assez briefment
> El chief de cest comencement ;
> Sulunc la lettre e l'escriture ,
> Vos mosterai un aventure
> Ki en Bretaigne la menur
> Avint el tens ancienur
> Etc.

____

(1) Préface de Marie.

> De cest conte ke oï avez
> Fu Guigemar le Lai trouvez,
> Que hum fait en harpe e en rote
> E bone est a oïr la note. (1)
> Plusurs le me unt conté et dit
> E jeo l'ai trouvé en escrit. (2)

En un mot, il résulte du témoignage de Marie, que les Bretons armoricains aimaient beaucoup les ouvrages de cette espèce, qu'ils étaient riches dans ce genre de littérature, et que les diverses traductions qu'on fit de leurs Lais, furent très-goûtées dans toute la France (3).

Mais l'Angleterre admira surtout la collection publiée par Marie. Denis Pyramus, Trouverre anglo-normand, et son contemporain, fait l'éloge de cet ouvrage, qui était, dit-il, autant estimé dans la grande Bretagne, que son auteur y était aimé. Mais ce furent surtout les dames anglaises qui goûtèrent particulièrement les Lais bretons traduits par Marie :

> Ses lais soleient as Dames plaire,
> De joie les oient et de gré,

______

(1) Lai de Guigemar, fils d'Oridial sire de Leon.

(2) Lai du Chevrefeuille.

(3) Voyez la dissertation sur la vie et les ouvrages de Marie de France, par l'auteur de ce mémoire, dans le vol. de 13 l'archæologia.

Car

[15]

Car sont selon lor volenté
Etc.   (1)

Pierre de St-Cloud, Trouverre français du
même âge, composant la première branche du
Roman du Renard, y fait paraître cet animal
déguisé en jongleur anglais : il le fait d'abord
parler la langue de son pays, et ensuite un mau-
vais français. Mais, dans la longue énumération
des pièces que ce jongleur prétend connaître,
on remarque qu'il se vante sur-tout de savoir
moult bons Lais bretons ; il cite même un grand
nombre de pièces de ce genre, et il en est parmi
elles qu'on ne retrouve pas aujourd'hui :

> Je fout moult bon gionglier ;
> Mes si fout ier robé , batu ,
> Et mon viel me fout tolu
> Etc.
> Si fout avec moi mon viel,
> Je savoir dir bon son novel,
> Je savoir dir bon Lai breton
> Et de Mellin et de Noton,
> Du Roi Lartu et de Tristan,
> De Charpel et de St-Brandan.
> Et sez tu le Lai d'Amisset ?
> Je sai , dit-il , Godistonnet,
> Je les saurai moult bien trestous , etc. (2).

---

(1) Bibl. Cotton. Domitianus. A. XI.
(2) Bibl. reg. Paris mss. de Cangé.

Un autre Trouverre français, nommé Regnaud,
traduisit en vers, à la même époque, *le Lai
d'Ignaurès*, qu'il qualifie de *seigneur du chas-
tel de Riol* en basse Bretagne ; il affirme qu'il
a fait cette traduction d'après l'original Breton,
et à la demande de *sa mie*, la dame de la Caine.
Mais ce Lai devait être chanté en France, d'a-
près des traductions antérieures à celle de Ré-
gnaud, parce que ce poëte termine ainsi la
sienne :

> François, Poitevin et Breton
> L'apellent le Lai del prison. (1)

Un autre Trouverre, qui se qualifie lui-même
Guillaumes li clers qui fu Normans, mit aussi
en vers le *Lai de l'Epine*, et comme il avait
auparavant composé le Roman de Fergus et de
Galienne, alias, le *Roman du chevalier au
Bel-Escu*, et beaucoup d'autres pièces de ce
genre, il indique dans le préambule de sa traduction les sources galloises et bretonnes, où il
avait puisé la matière de ses premiers ouvrages,
ainsi que le sujet du dernier.

> Quique les Lais tiegne a mensonge
> Saciez ne les tienc pas a songe.
> Les aventures trepassées

---

(1) *Ibid*, n°. 7595.

> Que diversement ai contées,
> Nes ai pas dites sans garant ;
> Les estores en trai avant
> Ki encore sont a Carlion
> Ens el moustier St Aaron,
> Et en Bretaigne seues
> Et en plusors lius coneues.
> Par chou que les truis en memore
> Vous wel demonstrer par estore
> De deux enfans l'aventure
> Etc.

Et qu'on ne dise pas que le poëte n'avait traduit le *Lai de l'Epine* que d'après des originaux en prose ; car il termine son ouvrage en assurant que les Bretons l'avaient mis en vers :

> Et l'aventure que dit ai
> Li Bretons en firent un Lai. (1)

Ainsi, les Bretons et les Gallois, parlant la même langue, avaient anciennement les mêmes histoires, des auteurs communs travaillant sur les mêmes sujets, enfin la même littérature, puisque le Trouverre dont nous parlons déclare, au commencement de sa traduction, que l'original, d'après lequel il travaillait, était Gallois, et à la fin, que les Bretons s'étaient emparés de la même matière pour en faire un Lai.

____

(1) *Ibidem.*

Un dernier Trouverre anonyme, mais du même siècle, traduisit en vers le *Lai de Graalent Mor*. Selon lui , on le chantait dans toute la Bretagne, et sa traduction devait être également chantée dans notre langue, puisqu'elle est transcrite dans le manuscrit, de manière à être notée au premier vers de la pièce , et à tous ceux qui commencent un alinéa.

> L'aventure du Cevalier ,
> Comme il s'en ala o sa mie,
> Fu par tote Bretaigne oïe ;
> Un Lai en firent li Breton
> Graalent mor l'apela on (1).

Dans le XII°. siècle , les témoignages sont encore plus nombreux , et toujours honorables pour les Bardes armoricains.

Chrétien de Troyes , dans le début de son *Roman du chevalier au Lion*, fait entendre qu'il a pris le fond de cet ouvrage dans les poésies des Bardes armoricains : « Si je m'accorde » tant avec les Bretons , dit-il , c'est qu'ils ont » conservé par leurs chants , la mémoire des » hommes qui s'honorèrent par de belles ac-» tions , » de ces hommes qu'il appelle lui-même *preux, larges, courtois* et *honorables*.

> Si m'acort de tant as Bretons

---

(1) *Ibid.* 7989².

Quar toz jors durra li renons ;
Et par els sont amanteu
Li boen chevalier esleu
Qui a enor se traveillierent
Etc.   (1)

Ce chevalier au Lion , est messire Ivains , un des compagnons d'armes du roi Artur , et dont nos romanciers ont fait un des héros de la table ronde. Ce ne fut pas seulement chez les Bretons qu'on célébra sa gloire ; les Bardes Gallois avaient dès le VIe. siècle chanté sa valeur et ses exploits. C'est un hommage rendu à ces poëtes par Lewis et Carte dans leurs histoires de la Grande Bretagne (2), et les antiquaires Gallois ont publié les poésies composées en son honneur par Taliessin et Llywarch Hen , deux des plus anciens Bardes de leur pays. (3)

Ainsi, il est de plus en plus constant que les Bretons et les Gallois honoraient les mêmes héros, célébraient également leurs belles actions , et que les poëtes des deux contrées les immortalisaient par leurs chants.

---

(1) Mss de Cangé y² 600.

(2) Lewis 's hist. of great Britain , p. 201.
Carte 's hist. of England , vol. 1 , p. 209.

(3) Heroic elegies of Llywarch Hen , Taliessin , etc.
page 29.

Chrétien de Troyes, dans son *Roman d'Erec et d'Enide*, et dans *celui de Cligès*, chevaliers de la table ronde, dit qu'il a tiré le fond de ces ouvrages de plusieurs histoires d'aventures ; et c'était sans doute des Lais bretons, puisque les héros et les acteurs sont tous armoricains, et que les principaux événemens ont lieu dans l'Armorique, dont Erec est couronné Roi à Nantes. (1)

Le même poëte, dans son *Roman de Lancelot du Lac*, et dans celui *de Perceval le Gallois*, alias du *san-graal*, nous apprend que la comtesse de Champagne lui avait donné la matière du premier ouvrage, et que Philippe, comte de Flandre, lui avait fourni celle du second ; il dit même positivement que ce prince lui en *bailla le livre*. Ainsi ces romans, qui ne sont que des recueils d'aventures merveilleuses, arrivées à des héros Armoricains ou Gallois, avaient été, dans le XIIe. siècle, traduits des Lais Bretons, ou en latin, ou en prose française par les soins des princes de cet âge. Robert de Caen, comte de Creuly et de Thorigny (2), fit traduire en latin le Brut d'Angleterre, dès l'année 1138, après que Gautier Calenius, archidiacre d'Oxford, l'eut apporté de la petite Bretagne. Le savant Hickes ;

____

(1) Bibl. reg. Paris, n°. 6989.

(2) Alias, comte de Glocester.

dans son *thesaurus litteraturæ septentrionalis*, fait connaître une traduction latine de l'histoire du chevalier au Lion ci-dessus mentionnée (1), Robert de Borron, Luc du Gast, Gautier Map, et plusieurs autres normands et anglo-normands, traduisirent également quelques Romans de la table ronde, du latin en prose française, à la demande de Henri II, duc de Normandie ; et c'est envain que quelques érudits anglais ont voulu révoquer en doute la vérité de leurs traductions, parce qu'on ne retrouvait leurs originaux dans aucunes des bibliothèques de l'Europe. On conçoit facilement, qu'étant écrits en bas-breton, on s'embarrassa peu de conserver des ouvrages dans une langue qui n'était pas en usage dans le reste de la France, et sur-tout lorsqu'on avait des traductions qu'on pouvait consulter au besoin.

Fouques de Marseille parle aussi des Lais bretons : ainsi la littérature des armoricains était connue des Troubadours.

> Cella mi platz mas que chansos,
> Volta, ni lais de Bretainha.

Enfin, les Lais bretons avaient été si renommés dans ces siècles de la chevalerie, qu'on les traduisit même dans la langue du Nord, et l'on en conserve à la bibliothèque d'Upsal une col-

____

(1) Vol. 3, cap. 12, p. 315.

lection que Stephanius a fait connaître dans le *catalogus librorum septentrionalium*, à la fin de la grammaire anglo-saxonne de Hickes, sous le titre de *variæ Britonum fabulæ*. (1)

Dans le même siècle, le célèbre Roman de Tristan de Leonois fut d'abord traduit en prose française par Luc du Gast, seigneur de Saint-Denis le Gast (département du Calvados.) Vers le même temps, il fut mis en vers français, d'abord par la Chevre de Reims, et non par Chrétien de Troyes, comme quelques auteurs l'ont affirmé, et ensuite par Thomas Erceldon, Trouverre anglo-normand. La version du premier est perdue, celle du second est à Londres, dans la précieuse bibliothèque de M. Douce, et il est reconnu aujourd'hui qu'elles étaient l'une et l'autre originairement composées d'après les Lais Bretons (2). Tristan, lui-même, se vante d'avoir appris à Isolt, sa mie, l'art de les chanter en s'accompagnant sur la harpe :

> Od ma harpe me delitoie ;
> Bientôt en oist parler
> Ke mult savoie bien harper ;

---

(1) Voyez aussi *Celsii hist. Bibl. upsalien*, p. 88.

(2) Voyez la préface du Rom. de Tristan, publié par Walter Scott, Londres 1806.

Bons Lais de harpe vous apris ,
Lais Bretons de notre païs
Etc.   (1)

Un autre Trouverre anglo-normand , qui mit
en vers le *Roman du roi Horn* , s'étend encore
davantage dans cet ouvrage sur les Lais armoricains. Comme ses héros sont Gallois et Irlandais , il fait connaître le goût de ces peuples pour
ce genre de poésie ; il célèbre les talens de leurs
poëtes et la gloire qu'ils avaient acquise , en
accompagnant leurs champs avec la harpe ; enfin ,
quand il veut dire qu'un Lai est bien fait et bien
chanté , il assure qu'on a imité les Bretons , et
dans la composition et dans le chant :

Si cum font cil Bretuns de tel fait custumiers
Etc.   (2)

L'enchanteur Merlin , déguisé en jongleur ,
chante aussi des Lais bretons à la cour du roi
Artur ; Robert Wace , dans son Brut d'Angleterre , en fait chanter aux paladins qui assistent
aux fêtes de la table ronde , et quand il veut faire
l'éloge de l'éducation brillante que ces chevaliers
ont reçue , il dit :

Moult scut de Lais , moult scut de notes. (3)

----

(1) Mss. de M. Douce.
(2) Bibl. Harleïenne , n°. 527.
(3) Rom. du Brut , bibl. reg. Paris , n°. 1535.

C'était même une preuve de courtoisie que d'avoir profité de ce genre d'instruction, et les Trouverres ne manquent jamais de relever le mérite de leurs héros, lorsqu'ils trouvent l'occasion de signaler leurs talens sous ce rapport.

> Riches hom fut, mais vieulx esteit
> Moult esteit preux et moult curteis
> Et moult scut des anciens Lais
> Etc.   (1)

En général les Normands possédant la Bretagne en arrière-fief, par le traité fait avec Charles le Simple, eurent avec les Bretons des rapports plus fréquens qu'avec les habitans des autres provinces de la France. Ils furent alors forcés d'apprendre leur langue, et par conséquent plus à portée de connaître leur littérature. L'étude qu'ils firent de l'une et de l'autre leur procura, non-seulement les ouvrages dont nous venons de parler, mais encore beaucoup d'autres dont on ne trouve plus que des traces dans les ouvrages de leurs Trouverres. Ainsi, Robert Wace affirme que le roi Artur institua l'ordre de la table ronde : institution, dit Rapin Thoiras, qui n'est nullement invraisemblable, puisque, dans le même siècle, Théodoric, roi des Ostrogoths,

______

(1) Rom. d'Ypomedon, bibl. Cotton. Vespasianus, A. VII.

établit aussi un ordre particulier en Italie , suivant les lettres de Cassiodore (1). Mais comme M. le comte de Caylus l'observe très-bien , Wace donnant des détails sur l'institution de cet ordre et sur ses fêtes , écrivait donc sur des histoires ou sur des traditions qui ne sont plus connues aujourd'hui (2).

Alexandre de Bernay , dans sa branche du *Roman d'Alexandre*, raconte l'expédition d'Artur en Asie ; il le fait marcher en vainqueur, jusqu'aux extrémités de cette partie de la terre , et le héros Breton place , aux confins de l'Orient, deux statues d'or , comme Hercule avait posé deux colonnes aux confins de l'Occident. Mais ni le Brut, ni aucun autre Roman de la table ronde ne parle de cette expédition ; Alexandre de Bernay est le seul qui l'ait détaillée , et qui ait fait un mérite au fils de Philippe de Macédoine , d'avoir cherché et trouvé les statues d'Artur. Or , où pouvait-il avoir pris ces fables , sinon dans les ouvrages des Armoricains ?

Il faut dire la même chose de l'auteur du *Draco normannicus*. Quoiqu'il ne nous reste que les

(1) Histoire d'Angleterre , vol. 1. , p. 126 , édit in-4°. , 1749.

(2) Mém. sur l'anc. Chevalerie et sur les anciens Romans , p. 52.

titres des chapitres de son ouvrage , il est évi-
dent qu'il était rempli d'un grand nombre de
fables bretonnes , qu'on ne trouve dans aucuns
des Romans de la table ronde. (1)

Enfin , un auteur du même âge , et qui par l'é-
tendue de son savoir , mérita le titre de *docteur
universel* , le fameux Alain de Lisle , atteste que
les fables armoricaines étaient généralement ré-
pandues dans les XIe. et XIIe. siècles : « Où la
» Renommée , dit-il , n'a-t-elle pas porté le nom
» d'Artur ? N'a-t-il pas pénétré dans tous les
» lieux où celui des chrétiens est parvenu ? Si
» nous en croyons les rapports des Croisés , les
» peuples de l'Orient le connaissent encore mieux
» que ceux de l'Occident ; l'Egypte et le Bos-
» phore le célèbrent ; Rome , la maîtresse des
» nations , le chante , et Cartage sa rivale , n'i-
» gnore pas ses exploits. » (2)

Aux droits des Normands sur l'Armorique ,
comme première cause de leurs connaissances dans
la littérature bretonne , ajoutons la conquête de
l'Angleterre , et nous verrons pour les vainqueurs
un nouveau moyen d'acquérir des notions plus
étendues sur la poésie des Bardes du moyen âge.

----

(1) Notice des Mss. , vol. 8.
(2) Alani Magni de insulis explan. in Prophet. Merlini. Lib. 3. Cap. 26.

En effet, Alain, duc de Bretagne, ayant accompagné les Normands dans leur expédition, le duc Guillaume, son beau-père, récompensa ses services en lui donnant quatre cent quarante-deux terres seigneuriales dans cette île (1). Ce vaste domaine forma dans la suite le comté de Richmond, possédé si long-temps par les successeurs du duc Alain (2). Beaucoup d'autres seigneurs bretons s'étant signalés à la bataille d'Hastings, reçurent du conquérant des récompenses de la même espèce (3). Enfin, les ducs de Bretagne inféodant à des chevaliers Armoricains une grande partie des terres du Richmondshire (4), les fables bretonnes durent passer en Angleterre avec ces nouveaux Colons, et les Trouvérres normands et anglo-normands, vivant alors avec eux sous le même gouvernement, eurent les moyens de

_____

(1) Domesday Book passim.

(2) Voyez l'Histoire de ce Comté dans l'ouvrage intitulé *Honor Richmundiæ*.

(3) Domesday passim. On trouve établies en Angleterre, dans le XIIe. siècle et les suivans, des branches des familles de Rohan, de Montbourcher, de Tintiniac, du Boterel, d'Auray, de Châteaubriant, de Maillé, de Goyon, etc.

(4) Honor Richmundiæ et liber niger Scac. Angliæ,

v. 1.

connaître et d'étudier de plus en plus les ouvrages des anciens Bardes.

Il résulte donc du témoignage des Trouverres
français et anglo-normands :

1°. Que les Bretons armoricains avaient très-
anciennement dans leur langue des pièces de vers
que nos premiers poëtes appelèrent des *Lais*.

Mais nous ignorons comment des Bretons les
nommaient eux-mêmes ; car on ne trouve pas ce
mot dans leurs dictionnaires, ni aucun autre qui
en approche. On le reconnaît seulement dans
l'islandais *Liod*, dans l'irlandais *Laoi*, dans le
teuton *Lied*, dans l'anglo-saxon *Leod*, et dans
le latin barbare *Leudus*, et dans toutes ces lan-
gues, il signifie une pièce de vers faite pour être
chantée. Ce furent donc les Trouverres qui,
d'après le mot *Leudus*, donnèrent le nom de
Lais aux poésies armoricaines, et les versificateurs anglais le conservèrent.

M. Owen, auteur d'un nouveau dictionnaire
Gallois, prétend, dans un autre ouvrage (1), que
les Lais bretons doivent être appelés *Mabinogion;*
il annonce qu'il existe un grand nombre de pièces de cette espèce, en langue galloise, et il en
promet depuis long-temps une édition. Mais d'a-

____

(1) Cambrian Biography.

bord, il est très-étonnant que dans les deux amples collections de poésies composées par les anciens Bardes gallois, et publiées, l'une par M. Evans, et l'autre par M. Jones, on ne trouve aucune pièce dans le genre des Lais bretons. Ensuite comme M. Ellis, critique très-versé dans la littérature du moyen âge, assure que les *Mabinogion* des gallois sont des contes de nourrices ; laissons M. Owen avec les enfans, et revenons aux Lais armoricains (1).

Il ne faut pas les confondre avec ceux que composèrent nos premiers poëtes, ni sur-tout avec ceux dont Alain Chartier a le premier fixé les règles. Avant lui, les Trouverres donnèrent indistinctement le nom de Lai, tantôt à des chansons, que nous appelerions aujourd'hui des cantiques : ainsi le Roi de Navarre, en commençant une des siennes, dit qu'il va *faire un Lai*, et cette pièce placée parmi ses chansons, est en l'honneur de la Ste. Vierge : ainsi Gautier de Coincy, dans ses *Contes dévots*, a des pièces dans le même genre et sur le même sujet, et il les appelle des Lais (2).

---

(1) Ellis 's Specimens of early english metrical Romances ; vol. 1, p. 92.

(2) Poésies du Roi de Navarre, vol. 2, p. 156.

Tantôt les Trouverres donnèrent ce nom à des chansons en l'honneur de leurs dames, et par cette raison, ils les appelèrent des *Lais d'Amour*. Souvent ils nommèrent *un Lai*, ce que nous appelons *Fabliau* ou *Conte*, comme *le Lai d'Aristote*, *le Lai de l'Ombre*, etc.; enfin quelquefois ce nom fut donné à de simples fables, comme *le Lai de l'Oiselet*, etc.

Mais les Lais bretons, si l'on en juge par ceux conservés dans les traductions des Trouverres français et anglo-normands, étaient des poèmes composés dans l'Armorique, en langue armoricaine, renfermant le récit d'une belle action, d'un événement extraordinaire, ou d'une aventure hardie et périlleuse, et c'est de là que ces pièces sont appelées par les Trouverres des *Lais de Chevalerie*.

Il faut donc rejeter la définition du Lai donnée par M. l'évêque de la Ravallière, qui prétend que c'est une sorte d'élégie dans laquelle le poëte se plaint d'une infortune amoureuse (1). Nous venons de voir les différentes espèces de poésies auxquelles les Trouverres donnèrent le nom de Lai, et qui ne tiennent nullement du genre de l'élégie. En un mot, les Lais bretons doivent être

----

(1) *Ibidem*, vol. 1, p. 215.

regardés

regardés comme des poëmes , contenant le récit
d'un événement intéressant , d'une longueur modérée , toujours sur un sujet grave et ordinairement armoricain ou gallois , et toujours en vers
de huit pieds , du moins dans les traductions
françaises et anglaises qui sont parvenues jusqu'à nous. Nous disons *d'une longueur modérée*,
pour ne pas les confondre avec les Romans ; *sur
un sujet grave* , pour les distinguer des fabliaux et des contes qui sont toujours plaisans ;
ordinairement armoricains ou gallois , parce que
les Bretons prirent quelquefois leurs sujets dans
la Mythologie , comme *le Lai de Narcisse* , et
quelquefois dans l'histoire de France , *comme le
Lai des deux Amans , le Lai du comte de
Toulouse.* Enfin , nous disons *en vers de huit
pieds* , pour les distinguer des différentes pièces
auxquelles les Trouverres donnèrent le nom de
Lai , et qu'ils composèrent à volonté , en vers de
différentes mesures.

2°. Il résulte du témoignage des Trouverres ,
que les Lais bretons furent tellement estimés dès
le commencement du XIIe. siècle , qu'on en
traduisit un grand nombre , soit en latin , soit en
prose française ; qu'à la demande des ducs de
Normandie et des barons de cette province , on
composa d'après ces traductions , plusieurs de nos

Romans de la table ronde , en prose latine ou française , et il n'est pas permis de regarder les noms de ces romanciers comme supposés , quand les Trouverres du même siècle et du suivant , parlent fréquemment de ces auteurs et de leurs compositions , et quand enfin des manuscrits authentiques nomment ces écrivains , et attestent leurs travaux littéraires.

3°. Que dans le XIIe. siècle, les Trouverres mirent en vers français plusieurs Romans de la table ronde , soit d'après les traductions latines ou françaises des Lais bretons , soit d'après les Romans en prose qui en étaient déjà le produit ; et il est impossible de croire que les Trouverres en imposent , quand ils déclarent que leurs Romans sont composés d'après les ouvrages bretons , et quand ils nomment les différens princes qui leur en fournirent des traductions.

4°. Enfin que , dans le XIIIe. siècle, les Trouverres français et anglo-normands , traduisirent encore en vers plusieurs des Lais bretons , et que ces traductions ne furent mises en vers anglais que dans le siècle suivant.

Il importe maintenant de chercher s'il existe quelques rapports entre les Lais bretons et l'ancienne poésie gauloise.

D'abord , Posidonius d'Apamée , qui vivait

quarante ans avant l'ère vulgaire , et après lui
Strabon , Diodore de Sicile , Lucain , Elien et Am-
mien Marcellin , en relevant le mérite des Bardes
gaulois , ont tous désigné le genre de poésie dans
lequel ils excellaient. C'était , selon ces auteurs ,
dans l'éloge des belles actions et des faits héroïques ; ils consacraient leurs veilles à célébrer pu-
bliquement et en particulier les grands hommes
de la Gaule , et en s'accompagnant avec la harpe,
ils ajoutaient au mérite de leurs vers, celui de
les faire valoir par leurs talens dans la musique (1).

Le poëte Fortunat prouve que dans le VIe. siècle,
les grands personnages de la France avaient encore leurs chantres dans les parties du royaume
où la langue latine n'était pas en usage ; il
donne même le nom de *Lais* aux pièces que ces
poëtes composaient en leur honneur ; ils les appelle des *Lais barbares* , parce qu'elles n'étaient
pas écrites en latin ; enfin , dans une lettre à

---

(1) Posidon. Ap. Athæn , lib. 6°. p. 84.
Strabon lib. 4.
Diod. Sicul. lib. 5.
Ammian. lib. 5.
Lucan. libr. 1°.
Ælian. lib. 12.

Grégoire de Tours, il parle de la harpe comme de l'instrument avec lequel on s'accompagnait en les chantant, et que nous avons vu également en usage chez les Bretons : *Barbaros leudos harpa relidebat* ou *liedos*, suivant quelques manuscrits (1).

Dans une Epître à Loup, comte de Champagne, le même poëte dit qu'il lui fait hommage de ses vers, qu'il laisse à la poésie des barbares à le célébrer dans ses *Lais*, et qu'alors tous ces chants ne formeront qu'un seul éloge, mais diversement tourné, différemment chanté,

> Hos tibi versiculos, dent barbara carmina *Leudos*
> Sic variante tropo, laus sonet una viro.

Ailleurs il lui dit : « Que la lyre des Grecs et » des Romains, que la harpe des Barbares et la » rote des Bretons, célèbrent à l'envi votre va- » leur et votre justice. »

> Romanus que lyra, plaudat tibi barbarus harpa,
> Græcus achilliaca, Chrotta Britanna canat. (2).

Il est tellement certain que Fortunat désigne par le deuxième et le quatrième instrument, la Bretagne armoricaine et sa poésie, que Marie de France, dans sa traduction des Lais bretons, dit

---

(1) Venant fortun. lib. 1. epist. 1.
(2) *Ibid.* lib. 7. p. 170.

qu'on les chantait sur la harpe ou sur lä rote
(1). Robert Wace les appelle des *Lais de harpe*,
des *Lais de rote* (2), et Chaucer se borne à
dire, qu'on les chantait sur différens instrumens.

Ainsi, les Bardes gaulois, poëtes, chantres
et historiens de leur nation, eurent des successeurs dans les poëtes Armoricains du moyen âge;
et les Lais des derniers appartiennent incontestablement à la littérature des premiers, puisqu'ils
sont des ouvrages de la même espèce, écrits
dans la même langue, composés dans les mêmes
vues et chantés sur les mêmes instrumens.

Mais alors, comment des Lais, travaillés dans
le moyen âge, à l'imitation des Lais gaulois,
et ne devant par conséquent renfermer que des
éloges de faits historiques, ont-ils pu dans la suite
n'être remplis que de faits altérés et d'aventures
controuvées ? Enfin, comment sont-ils devenus la
matière de presque tous les Romans de la table
ronde ?

Je réponds que nous n'avons aucun des ouvrages poétiques des anciens gaulois; nous sa-
vons seulement par les historiens quel en était
le fond, mais nous ignorons absolument quelle

---

(1) Lai de Guigemer. Supra.

(2) Roman du Brut, loco citato.

en était la forme. Nous ne connaissons ensuite les Lais bretons que par les traductions des Trouverres ; nous ne pouvons donc comparer les derniers avec les premiers, ni juger si les Bardes gaulois, en ornant les faits historiques des charmes de la poésie, introduisirent dans leurs ouvrages le merveilleux qu'on rencontre dans ceux des Bardes du moyen âge.

Cependant si nous consultons les Trouverres, nous pourrons puiser dans leur témoignage, et même dans celui des historiens, des notions qui serviront à éclaircir la difficulté qui se présente.

D'abord les Trouverres, et même les plus instruits parmi eux, attestent qu'on avait altéré les Lais bretons. Nous ne citerons que Robert Wace et Chrétien de Troyes.

Le premier, dans son Brut d'Angleterre, qui est incontestablement le premier Roman de la table ronde, parlant du roi Artur et de ses Chevaliers, insère dans sa traduction quelques réflexions sur ces paladins : il dit qu'en général tout n'est pas vrai, mais aussi que tout n'est pas faux dans le récit de leurs aventures ; que si quelquefois le détail en paraît extravagant, il n'est cependant pas le produit de l'ignorance : « mais, ajoute-il, les fabliers, pour embellir

» leur poésie , ont mêlé tant de fables à l'his-
» toire d'Artur et de ses compagnons d'armes ,
» quils ont tout fait passer pour des fables : »

> En cele grant pais que je dis
> Furent les merveilles provées ,
> Et les aventures trovées ,
> Qui d'Artur sont tant racontées ,
> Que a fables sont atornées ;
> Ne tot mensonge , ne tot voir ,
> Ne tot folor , ne tot savoir ;
> Tant on li conteors conté
> Et li fableor tant fablé
> Por lor contes embeleter
> Que tot ont fait fables sembler ,
> Etc.   (1)

Observons ici que ces remarques datent de l'année 1155 , et conséquemment qu'on croyait alors que les exploits d'Artur et de ses compagnons d'armes , qui s'étaient illustrés par leurs combats contre les Saxons , avaient été originairement chantés dans la forme des anciens Lais. Mais les Bardes postérieurs , n'ayant plus dans les siècles obscurs du moyen âge , de nouveaux faits héroïques à célébrer , retournèrent sur les faits anciens ; alors en retouchant les ouvrages primitifs , ils altérèrent sûrement l'histoire de

---

(1) Rom. du Brut loco citato.

leurs héros, en l'enveloppant de fictions et d'aventures merveilleuses.

Pour être convaincu de cette interpolation, il suffit de lire l'éloge d'Artur dans les poésies des Bardes gallois des V°. et VI°. siècles. Leurs louanges sont celles qu'on accorde à un guerrier qui a vaillamment combattu pour la liberté de son pays contre de barbares invaseurs. Tout est simple, rien d'outré, rien de merveilleux dans ces chants antiques (1). Mais ceux des Bardes armoricains, d'abord probablement écrits de la même manière, furent nécessairement altérés dans la suite des temps; et c'est delà sans doute que le poëte Wace affirme que tout n'est pas vrai, mais aussi que tout n'est pas faux dans les Lais bretons.

Ailleurs, le même Trouverre attribue au Roi Artur l'institution de la table ronde ; mais il ne manque pas d'observer que ce sont les Bretons armoricains qui ont chargé cette institution de toutes les fables dont les Romans de ce genre sont remplis :

---

(1) Voyez les ouvrages de ces anciens Bardes dans l'*Archaiology of Wales*, vol. 1, et *A vindication of the genuineness of ancient British poems*, par M. Sharon Turner, qui a démontré, d'une manière incontestable, l'authenticité de ces poésies.

Fist Roy Artur la ronde table
Dont li Bretons dient mainte fable. (1)
Etc.

Comme Robert Wace, Chrétien de Troyes, atteste l'altération des Lais bretons, mais il en assigne une nouvelle cause dans son *Roman d'Erec, fils du Roi Lac;* il attribue cette interpolation à des hommes qui font, dit-il, leur métier de chanter, et qui ne chantent que pour vivre. Dans un autre endroit du même ouvrage, il dit que ce sont des hommes qui veulent *contrerimoier.*

> D'Erec le fils Lac est li contes
> Que devant Roi et devant Comtes
> Depécier et corrumpre seulent
> Cil qui de chanter vivre veulent....
> Cil qui contrerimoier veulent, etc. (2)

A ces traits on reconnaît facilement les jongleurs qui, s'emparant des ouvrages des Bretons, les altéraient et les défiguraient, afin de donner du nouveau à leurs auditeurs, et de cacher leurs plagiats.

Enfin, M. Tyrwhitt, dans son introduction aux *Contes de Cantorbery*, reconnaît que Chaucer, en publiant cet ouvrage, avait fait aussi

____

(1) Rom. du Brut.
(2) Bibl. reg. Paris, n°. 6989.

quelques changemens dans les Lais armoricains qu'il y inséra.

L'histoire atteste également l'altération de ces Lais.

D'abord Geffroy de Monmouth traduisit du bas-breton en latin, le Brut d'Angleterre, vers l'année 1138, et cet ouvrage reconnu aujourd'hui pour être composé de différens Lais bretons, reçut encore très-certainement quelques additions de la part de ce même traducteur. Mais si son ouvrage fabuleux ne mérite aucune croyance, il faut cependant ajouter foi aux faits que l'auteur rapporte, et qui sont relatifs au temps où il écrivait. Or, il nous apprend que les gestes d'Artur et de ses chevaliers, n'étaient pas seulement connus de tout le monde, mais qu'ils étaient comme gravés dans l'esprit des peuples, qu'on les savait par cœur, et qu'on les chantait avec enthousiasme, sans doute d'après les chants des jongleurs. (1)

Guillaume de Newburgh, l'ennemi le plus déclaré de Geffroy de Monmouth, convient, tout

---

(1) Cum et gesta Arturi et sociorum à multis populis quasi inscripta mentibus, et jucunde et memoriter prædicentur, etc. *Præfat. hist. Brit.*

en l'accusant d'imposture , que son ouvrage est
composé des anciennes fables des Bretons. (1).

Guillaume de Malmesbury observe , en parlant d'Artur , que c'est un prince dont les exploits sont le sujet ordinaire des fables des Bretons ; mais que son patriotisme et sa gloire méritaient d'être gravés par le burin de l'histoire , et d'être chantés autrement que par des fictions. (2)

Ainsi d'après ces deux historiens , les Bretons eux-mêmes avaient chargé de fables les exploits d'Artur et de ses compagnons d'armes.

Enfin Giraldus Cambrensis , dans sa description du pays de Galles , dit que les Bardes de cette contrée , avaient des histoires généalogiques de leurs princes , qui , comme celles du Brut , remontaient jusqu'à Enée ; mais comme elles lui paraissaient fabuleuses , il refuse de les insérer dans son ouvrage (3). Il fait plus encore : il avoue

------

(1) Ex priscis Britonum figmentis, etc. *Guill. Neubrig.*
præmium.

(2) Hic est Arturus de quo Britonum nugæ hodie délirant , dignus plane quem non fallaces somniarint fabulæ , sed veraces prædicarent historiæ , quippe qui labantem patriam diu sustinuerit , etc. *Guill. Malm. hist. lib. 3. cap. 7.*

(3) Cambriæ descrip. cap. 3 et 11.

que les Bardes avaient altéré les poésies de Merlin, en y insérant des prophéties qu'ils avaient fabriquées, et dont le style moderne démontrait la supposition (1).

Le témoignage des historiens se réunit donc à celui des Trouverres, pour constater que les Bardes armoricains et gallois avaient dans le moyen âge, chargé l'histoire d'Artur et de ses chevaliers, de faits merveilleux et controuvés ; que les jongleurs français en y ajoutant des fables et des fictions nouvelles, achevèrent de l'altérer, et qu'enfin le travail des uns et des autres avait fourni la matière de nos Romans de la table ronde.

Mais des ouvages où l'on trouve le merveilleux épique, n'ont pu avoir été composés sans une mythologie quelconque. Alors était-elle indigène, et par conséquent celtique, ou était-elle empruntée d'un autre peuple ? Enfin, où les Bardes armoricains avaient-ils pris l'idée de mettre en action dans leurs ouvrages des Géants,

---

(1) Sed Bardorum ars invida naturam adulterans, multa de suis tanquam prophetica, veris adjecit, cunctis moderni sermonis compositionem redolentibus, etc. *Ap. Usserium veter. epist. hibernicar. sylloge.*, page 117.

des Dragons, des Serpens, des Fées, etc.; en un mot, d'où avaient-ils reçu le goût des Romans épiques?

Saumaise répond qu'il avait été communiqué à la France par les Arabes et les Espagnols.

Huet soutient que nos Romans et les fables dont ils sont remplis sont nés sur notre sol. Le comte de Caylus partage la même opinion (1).

Lord Percy, évêque de Dromore, prétend que ce goût avait passé de l'Orient dans le Nord, avec les colonies d'Odin, et qu'il avait été porté en France par les Normands (2).

Thomas Warton, pour concilier cette dernière opinion avec celle de Saumaise, admet les deux points de communication, celui du Nord et celui du Midi; il prétend que l'invasion des Normands acheva de développer les idées du merveilleux déjà répandues par les Espagnols. Mais il assure en même-temps qu'aucune province de la France ne reçut avec plus d'enthousiasme, et n'employa avec plus de profusion les fictions Arabes que les Armoricains. En un mot, dans les Romans de la table ronde comme dans les Lais bretons qui en sont la base, il voit à

---

(1) Traité de l'origine des Romans.
(2) Reliques of ancient english poetry, vol. 3.

chaque page des preuves complettes d'orienta-
lisme (1).

Tels sont les systèmes imaginés par les hommes les plus versés dans cette partie de notre littérature. Mais les systèmes ne sont que des opinions , et les opinions ne sont pas toujours la
vérité. Tâchons donc de découvrir là dernière,
en faisant connaître quelques restes de la Mythologie armoricaine , et prouvons que si l'opinion
de Huet n'est pas décidément reçue comme vraie ,
elle doit du moins être admise comme la plus
vraisemblable.

D'abord , ne pourrions-nous pas , avant tout ,
demander à quoi bon forger savamment des systèmes sur l'origine du merveilleux épique dans
nos Romans , et s'il est raisonnable de soutenir
que , dans le moyen âge , les peuples de l'Occident ont reçu ce goût de ceux de l'Orient , sur-
tout quand sa source peut être indiquée à chaque pas sur le lieu même ? N'est-ce pas alors
un vain étalage d'érudition , ou plutôt une fausse
érudition ?

Les Lais bretons , et les Romans qui en déri-
vent , parlent de Géants défaits , de Dragons

---

(1) Hist. of. the ancient english poetry , vol. 1. dis-
sert. 1.

vaincus , de Lions domptés , de Serpens terras-
sés , etc. Mais tout ce merveilleux ne se rencon-
tre-t-il pas dans la Bible ? Le géant Geoma-
got du Brut d'Angleterre , n'est-il pas visi-
blement le Gog et le Magog de l'écriture ?
Ne trouve-t-on pas dans les livres sacrés les vic-
toires de David sur le géant Goliath , celles du
même Prophète sur le Lion , de St-Michel sur
le Dragon , etc. ? Dailleurs , ne lit-on pas , dans
la Mythologie des Grecs , des combats héroïques , des aventures périlleuses , et peut - on
dire qu'elle n'était pas connue des Armoricains , quand ils ont fait des Lais sur l'histoire de Narcisse et sur celle d'Orphée , et sur-
tout lorsque dans le Lai de Guigemer , ils ci-
tent les ouvrages d'Ovide , c'est-à-dire , l'auteur latin qui a le plus écrit sur la Mythologie ?

Les Juifs et les Romains ont donc bien pu
donner aux Bretons des idées sur le merveilleux,
mais elles étaient religieuses , et celle de le mettre en action dans des ouvrages profanes , dans
des Romans de chevalerie dont ils ne pouvaient leur offrir des modèles , ne peut leur être
attribuée.

On veut que les Scaldes aient donné aux Normands l'idée des Fées , et que ceux-ci l'aient
communiquée aux Bretons et aux autres Roman-

ciers de la France. Si ce fait était vrai, on en
trouverait quelques traces dans nos premiers poëtes Normands ; on y voit au contraire que rien
n'est plus faux que cette prétendue communication , puisqu'ils reconnaissent formellement que
ce sont les Bretons eux-mêmes qui leur ont donné
l'idée des Fées. Mais avant de détailler leurs
aveux à cet égard , consultons l'histoire , et
prouvons que la croyance aux Fées était un
point de la Mythologie Celtique , et par conséquent bien antérieure à l'invasion des Normands.

Pomponius Mela , qui écrivait dans le Ier.
siècle de l'ère vulgaire , décrivant les différentes
îles de la Gaule , s'étend particulièrement sur
l'île de Sein , opposée à la côte occidentale de
la petite Bretagne , vers l'embouchure de la Loire.
Neuf prêtresses l'habitaient , et si nous en croyons
cet historien géographe , elles avaient un pouvoir surnaturel ; elles commandaient aux vents
et à la mer , et savaient par des enchantemens
soulever ou calmer les tempêtes ; elles pouvaient
à leur gré , par des métamorphoses étonnantes ,
prendre une autre nature : toutes les maladies
qui résistaient à l'art, étaient celles qu'elles gué-
rissaient ; pour elles l'avenir était sans voile ;
elles l'annonçaient aux hommes et sur-tout aux

hommes

hommes de mer. Enfin , dans le sens de la fable, ces vierges étaient de véritables Fées (1).

Strabon dit à-peu-près la même chose sur ces Prêtresses et sur les prodiges qu'elles pouvaient opérer (2).

Le christianisme introduit dans la Gaule , réforma sans doute les principes mythologiques de cette province Romaine ; il les fit même oublier dans les diverses contrées où la langue latine fut admise. Mais l'Armorique ayant conservé sa langue primitive , dut par-là même conserver plus long-temps différens points de la religion Celtique : aussi retrouve-t-on l'existence des Fées généralement admise dans les ouvrages des Bretons du moyen âge, et cette croyance était encore absolument la même que du temps de Pomponius Mela. Ainsi , dans la vie de Merlin le Caledonien, composée à cette époque , et traduite du Bas-Breton ou du Gallois , en vers latins par Geffroy de Monmouth , dans le XIIe. siècle , on retrouve les neuf Vierges mentionnées par les auteurs précités. L'aînée d'entre elles est appelée *Morgen ;* leur île n'est plus nommée *l'île de Sein,* mais *l'île des Pommes, l'île Fortunée ;* elles y

---

(1) Pompon. Méla lib. 3. cap. 8.

(2) Strabon , lib. 4.

4

opèrent toujours les mêmes prodiges , et c'est-là que les Bardes Merlin et Taliessein conduisent le Roi Artur , pour guérir les blessures qu'il avait reçues au combat de Camblan (1).

Si nous en croyons les auteurs des XIIe. et XIIIe. siècles , les Fées bretonnes résidaient alors dans la forêt de Brecheliant près Quintin. On prétendait encore à cette époque qu'elles se rendaient visibles , et il n'était question que des prodiges qu'elles opéraient dans cette forêt sacrée. Robert Wace , chanoine de Bayeux , qui avait mis en vers le premier Roman de la table ronde en 1155 , entendit tant parler de ces Fées , qu'il prit le parti d'aller en Bretagne pour vérifier les bruits publics. C'était un poëte , et un poëte devant aimer naturellement le merveilleux ; il n'est pas étonnant qu'il se soit mis en route pour un but aussi analogue à son goût.

C'est dans son Roman de Guillaume le Conquérant qu'il parle de ce voyage , et il en parle à l'occasion de la fameuse bataille d'Hastings. Après avoir rapporté les noms des Chevaliers Normands qui se distinguèrent à cette mémorable journée , le poëte nomme les Chevaliers Bre-

____

(1) Galt. Monemuth vita Merlini. Bibl. cotton. Vespasianus. E. 4.

tons qui partagèrent leur gloire, et parmi eux il
cite ceux qui habitaient les environs de la forêt
de Brecheliant :

> Et cil devers Brecheliant
> Dont Breton vont sovent fablant,
> Une forest mult longue et leé.
> Qui en Bretaigne est mult locé
> Etc.   (1).

Le poëte part de là pour détailler les merveilles
racontées par les Armoricains sur cette forêt ; il
parle des animaux qui l'habitaient, des orages et
des tempêtes qu'on occasionnait, en répandant
quelques gouttes d'eau de la fameuse fontaine
de Barenton ; enfin, de tous les autres prodiges vus dans cette forêt, et dont tout le monde
s'entretenait.

Mais cet auteur qui, dans ces détails, n'était
que l'écho d'une tradition mythologique encore
existante de son temps, ne manque pas surtout
de nous parler des Fées de la forêt Brecheliant et
des merveilles qu'on leur attribuait :

> La sent l'en les fées veeir,
> Se li Breton nos dient veir,
> Et altres merveilles plusors
> Etc.

Enfin, il convient que pour les admirer, il avait

---

(1) Bibl. reg. Paris, n°. 6087

été sur les lieux , qu'il les avait parcourus , et qu'il n'avait rien vu. Alors , le dépit s'en mêle , il est honteux de sa crédulité , il rougit de son voyage , et il en termine les détails par ces vers naïfs :

> La allai je merveilles quere,
> Vis la forêt et vis la terre.
> Merveilles quis , mais nes trouvai,
> Fol m'en revins , fol y allai,
> Fol y allai , fol m'en revins ,
> Folie quis , por fol me tins (1).

Pour entreprendre un tel voyage , Robert Wace avait eu sans doute des motifs; il se trompa en les croyant fondés ; mais pour les croire tels, il avait dû entendre souvent parler des prodiges des Fées Bretonnes à des hommes dignes de foi, qui dans ces cas pourtant n'attestaient qu'une tradition populaire , mais ancienne , devenue fabuleuse par le laps du temps, mais qui, remontant à l'antique Mythologie des Gaulois, offrait par-là même une origine bien antérieure aux invasions des Arabes et des Normands. D'ailleurs, si la France eût reçu des derniers l'idée des Fées , qui pouvait mieux que le poëte Wace , historien des Princes Normands , et Normand lui-même , savoir si cette communication était

---

(1) *Ibidem.*

réelle ? et si elle avait eu lieu par la voie des Scaldes, comme on le prétend, comment aurait-il voyagé en Bretagne pour voir les Fées, quand il ne pouvait ignorer que leur existence était une fable apportée du nord par ses compatriotes ?

Mais ce n'est pas seulement Robert Wace qui regarde la Bretagne armoricaine comme le pays où sont nées toutes les fables qui forment le merveilleux des Romans épiques ; les autres Trouverres des XIIe. et XIIIe. siècles attestent la même vérité. Déjà nous avons entendu Chrétien de Troyes convenir que ses plus beaux romans de la table ronde sont composés d'après les ouvrages des Bardes armoricains, et lorsqu'il détaille les exploits de ses paladins, c'est dans la Bretagne, comme à la source, qu'il va chercher tous les agens poétiques qui produisent le merveilleux. Ainsi, lorsqu'il veut raconter les prouesses de messire Yvains ou du chevalier au Lion, il commence par le faire voyager dans l'Armorique, et le conduit surtout à la forêt de Brecheliant. Là il lui fait rencontrer ces animaux monstrueux que Robert Wace avait inutilement cherchés, et l'homme sauvage qui leur commande en souverain. Son paladin pourfend des Tigres, il dompte des Lions, des Léopards, des Serpens, etc. Le poëte le fait aller à la fontaine dé Barenton , et lui en fait répandre l'eau avec le bassin d'or attaché au vieux chêne qui l'ombrage : alors s'élève le plus violent orage , et son héros échappé à d'horribles dangers , vient raconter ses exploits aux héros de la table ronde ; et Artur à leur tête , va lui-même à la forêt de Brecheliant pour en admirer les merveilles , et surtout pour soumettre l'homme sauvage qui y domine. (1)

Le même Chrétien de Troyes , dans son *Roman d'Erec , fils du Roi Lac ,* décrivant le couronnement de ce Prince à Nantes , par le Roi Artur , lui fait porter , dans cette cérémonie , un manteau brodé par les Fées bretonnes , dont l'aiguille y avait représenté l'arithmétique , l'astronomie et la musique , avec leurs attributs. (2)

Hugues de Mery , dans son poëme du *Tournoiement de l'Antechrist ,* décrit les guerres de St.-Louis contre le duc de Bretagne ; il paraît même qu'il combattait sous les ordres du monarque , car il assure qu'après la paix signée , il eut envie de voir les merveilles de la forêt de Brecheliant ; en conséquence il se met en route , il voit la fameuse fontaine , il en arrose le perron

---

(1) Bibl. reg. Paris , Mss. de Cangé y 600.

(2) Rom. d'Erec. loc. cit.

avéc le bassin d'or, et aussitôt il est témoin des merveilles vues par messire Yvains ; il les raconte amplement dans son poëme, et rend hommage à la vérité des descriptions déjà faites par Chrétien de Troyes.

L'auteur du *Roman de Brun de la Montagne*, qu'on appelle encore *le Roman du petit Tristan le restoré*, fait porter son héros encore enfant, aux Fées de la forêt de Brecheliant pour l'élever.

Au contraire, l'auteur du *Roman d'Ogier le Danois*, termine la vie de son paladin en le faisant enlever dans un char par la fée *Morgen*, l'aînée, comme nous l'avons vu, des neuf Vierges de l'île de Sein. Cette Fée, qu'on appelle encore *Morgue* et *Morgain*, ést très-fameuse parmi les Fées bretonnes : On lit dans un petit poëme du XIIIe. siècle, intitulé *les Priviléges aux Bretons*, que plusieurs familles de la Bretagne, prétendaient comme celles de Lusignan, descendre des Fées ; on y parle entr'autres de Jacques Brian de Compalé, cousin de la Fée *Morgain*.

Gautier de Metz, auteur du même âge, dans son poëme didactique, intitulé *l'Image du Monde*, décrit les merveilles de l'univers, et s'étend fort au long sur celles de la forêt de Brecheliant. Enfin, c'est dans cette forêt que périt l'enchanteur Merlin, victime d'un charme que les Fées bretonnes lui avaient appris, et qu'il ne croyait pas possible.

D'après ces détails, concluons que depuis le Ier. jusqu'au XIVe. siècle, l'existence des Fées et de leurs prodiges, fut une croyance généralement admise dans la Bretagne armoricaine ; qu'il est par-là même impossible de la regarder comme transmise à la France, par les Arabes ou par les Normands ; que les Trouverres des XIIe., XIIIe. et XIVe. siècles, vont toujours dans l'Armorique, et jamais dans le Nord ni dans le Midi, chercher leurs machines poétiques, et qu'enfin c'est dans les ouvrages des Bretons qu'ils avouent en avoir pris et l'idée et la construction.

Je dis plus : ils avaient même adopté quelques-unes des règles de leur prosodie : en effet, nos premiers poëtes français firent d'abord de grands vers non rimés, et d'autres rimant seulement aux deux hémistiches, et dans ce cas la poésie latine du temps fut leur guide. Mais où les Trouverres normands et anglo-normands, comme Robert Wace, Guichard de Beaulieu, Alexandre de Bernay, etc., prirent-ils le goût de faire des trente et quarante vers de suite sur

la même rime ? On cherchera, je crois, inutilement leurs modèles ailleurs que dans les poésies des Bardes armoricaines ; du moins celles
des Bardes gallois parvenues jusqu'à nous, nous
offrent des pièces de ce genre dès le VIe. siècle,
et comme ces deux peuples parlaient la même
langue, on ne peut pas douter qu'ils n'eussent
la même prosodie, et que nos Trouverres ne
l'ayent adoptée sous ce rapport (1).

Une autre partie des fables Armoricaines, est
le retour du Roi Artur. Les Bretons croyaient
que, confié aux Fées pour *médiciner* ses plaies,
il reviendrait un jour régner de nouveau sur eux.
On serait lapidé, dit Alain de l'Isle, qui écrivait
dans la première moitié du XIIe. siècle, on serait
lapidé, si l'on osait dire en Bretagne qu'Artur
est mort (2). La croyance du retour de ce prince,
était tellement accréditée à cette époque, que
lorsque le duc de Normandie, Henri II, alla
nommer l'enfant de son fils Geffroy, duc de
Bretagne, les Bretons s'opposèrent à ce qu'il le
nommât *Henri* ; ils exigèrent qu'on l'appelât
Artur, prétendant, dit l'historien Guillaume

---

(1) Turner loco citato.

(2) Explan. in proph. Merlini, lib. 1., p. 19.

de Newbridge, qu'il pourrait bien être le prince de ce nom qu'ils attendaient. (1)

Enfin, les Armoricains étaient si fortement persuadés du retour d'Artur, que les écrivains du temps, et sur-tout les Trouverres, se moquent souvent de leur chimérique attente. Ecoutons comme ils s'expriment à cet égard.

D'abord le savant Pierre de Blois, dans son Epître 57e., traite leur croyance de rêverie. (2)

Joseph d'Exéter se moque de leur crédulité, et leur annonce qu'ils attendront long-temps leur prince. (3)

Gautier de Soignies dans une de ses chan-

---

(1) Guill. Newbridge, lib. 3., cap. 7.

(2) Certa non linquimus ob dubia :
  Somniator animus
  Respuens præsentia,
  Gaudeat inanibus
  Quibus, si credideris
  Expectare poteris
 Arturum cum Britonibus.

Petr. Blesen. Epit. 57.

(3) Sic Britonum ridenda fides et credulus error,
 Arturum expectant, expectabuntque perenne.

Jos. Iscan. lib. 3 de bello trojano.

sons, voulant exprimer combien son amour était trompé, en se berçant d'un fol espoir, dit :

> Amor m'occit et tormente,
> Je fais, je crois tele atente
> Come li Bretons font d'Artur
> Etc.

Rutebeuf, poëte de Paris, dit la même chose dans le Lai de Brichemer :

> En tele atente m'estuet faire
> Com li Bretons font de lor Roi,
> Etc.

Les autres Trouverres, lorsqu'ils veulent dire qu'on compte inutilement sur quelque chose, qu'on se flatte en vain d'un succès, disent toujours proverbialement : *espoir Breton.*

Enfin, la croyance des Armoricains au retour d'Artur et à ses fables, fut si généralement connue, qu'on y fit quelquefois allusion dans les discours chrétiens : dans un sermon composé dans le XIIe. siècle, et faussement attribué à Saint Pierre Chrysologue, l'auteur fait ainsi parler un pécheur endurci : J'ai attendu le Seigneur, et il ne m'a pas regardé; j'attends sa grâce, et mon espoir est peut-être comme celui des Juifs et des Bretons. (1)

____

(1) Expectans expectavi Dominum, nec intendit mihi ;

On forme quelques objections contre les titres littéraires des Armoricains; la première a été faite par M. Ritson. Comme on trouve quelques Lais bretons parmi les anciennes poésies anglaises qu'il a publiées, le savant éditeur a dit dans une note, qu'il était probable qu'ils devaient être attribués à la Grande, et non à la Petite Bretagne, parce que la première était devenue fameuse sur le continent, par la fabuleuse histoire de Geffroy de Monmouth. Mais le patriotisme de M. Ritson, l'a sans doute égaré. (1)

Plus juste que lui, nous avons rendu hommage aux rapports littéraires qui ont existé entre les Bretons armoricains et les Bretons insulaires, c'est-à-dire les Gallois. Mais la mère patrie serait injuste, si elle prétendait usurper la gloire acquise par sa colonie, surtout quand pour la maintenir, il suffit de faire un peu de réflexion sur les faits rapportés dans ce mémoire.

D'abord, les auteurs grecs et latins du Ier siècle de l'ère vulgaire, placent les Fées dans l'isle de Sein; et depuis l'onzième siècle jusqu'au XVe., les Trouverres les font séjourner dans la

---

expecto gratiam, et fortasse sicut Arturum Britannia, sicut Judæa messiam, etc.

(1) Ritson, notes sur le Lai d'Emare, vol. 3.

forêt de Brecheliant ; or ces deux habitations sont étrangères à l'Angleterre.

Ce ne sont pas seulement nos premiers poètes qui racontent les merveilles de la fontaine de Barenton , qu'on nommait encore la fontaine de Brecheliant ; les historiens Bretons les détaillent aussi très-amplement ; ils osent même nous les donner comme des faits incontestables (1). Ces merveilles qui tiennent au sol Armoricain , sont donc des fables nées sur ce sol , et que l'Angleterre n'a pu y transférer.

Les auteurs des XIIe , XIIIe et XIVe siècles se moquent de la crédulité des Bretons, qui comptaient sur le retour du Roi Artur ; la fable de sa guérison par le secours des Fées , était donc encore admise à ces époques chez les Armoricains, et nous avons vu qu'elle était due à leurs Bardes du moyen âge.

Les Bretons forcent le Roi Henri II de donner à son petit fils le nom d'Artur , espérant qu'il pourrait être le Monarque de ce nom , qu'ils attendaient ; nouvelle preuve de leur croyance aux Fables de la table ronde , et peut-être un reste de l'opinion de la Métempsycose, attribuée aux Gaulois par Jules César.

____

(1) Guil. Britonis Philippid. lib. 6°. ap. Duchesne, tom. v.

[60]

Geffroy de Monmouth dit que le Brut est un livre très-ancien, écrit en Bas-Breton, et apporté de la Bretagne en Angleterre par Gautier Calenius, archidiacre d'Oxfort : cet ouvrage appartient donc primitivement aux Armoricains, et non pas aux Anglais (1).

Rob. Wace, Chrétien de Troyes, et les autres Trouverres attribuent toujours aux Bretons de la Gaule les fables de la table ronde ; l'Armorique est presque toujours le théâtre des exploits de leurs héros ; et puisque le premier de ces poëtes, voulant connaître la source de plusieurs de ces fables, avait voyagé en Bretagne pour la trouver, il faut en croire un auteur qui avait examiné et traité la matière *ex professo* (2).

Enfin, plusieurs antiquaires Gallois ont récemment publié de très-amples collections des poésies de leurs anciens Bardes, et jusqu'ici ils n'ont produit aucune pièce dans la forme des Lais bretons ; d'ailleurs les Trouverres normands, et anglo-normands qui ont traduit les derniers, n'auraient pas manqué de dire que les originaux étaient *Anglais* ou *Gallois*, s'ils eussent appartenu à l'Angleterre.

______

(1) Galf. Monem. præf.

(2) Rom. de Guill. le Conquérant.

Une seconde objection s'élève contre la littérature Armoricaine ; on dit que Geffroy de Monmouth est un imposteur, qui attribua aux Bretons de la Gaule plusieurs ouvrages remplis de fables, et dont il était lui-même auteur.

D'abord, pour intenter avec fondement une accusation de cette espèce, il faut des titres qui démontrent incontestablement l'imposture, ou bien l'accusation tombe d'elle-même.

Il faut ensuite reconnaître que Geffroy de Monmouth était un homme instruit : ses poésies latines prouvent qu'il avait étudié les bons auteurs. Ce qu'il raconte de Merlin, de Taliessin et de Melkin, annonce un homme versé dans la littérature des Armoricains et des Gallois. Enfin, pour son siècle, sa prose est élégante et sa versification passable. Or, si cet homme, ayant de l'instruction et du talent, avait fabriqué les ouvrages qu'on lui attribue, est-il croyable qu'il n'eût pas cherché à leur donner un air de probalité qu'ils n'ont pas ? Aurait-il, par exemple, comme l'a très-bien observé M. Ellis, fait menacer l'Italie par ses paladins Bretons, à une époque où les exploits authentiques et splendides de Bélisaire, remplissaient tout l'Empire de la gloire de ce général (1) ? Aurait-il sur-tout,

______

(1) Ellis 's Specimens, etc. vol. 1, p. 87 et 88.

lui Gallois, fait jouer à Hoel, Prince armoricain, le principal rôle dans les guerres d'Artur sur le continent, et présenté le dernier comme un auxiliaire du premier (1)?

Geffroy de Monmouth, au contraire, ne dit pas un mot qui tende à convaincre ses lecteurs de la vérité des événemens qu'il raconte. Il affirme seulement qu'il a traduit un très-ancien ouvrage Breton, apporté de l'Armorique par Gautier Calenius, archidiacre d'Oxford; il ajoute que cet ouvrage n'étant pas connu de Guillaume de Malmesbury et de Henri de Huntingdon, ces historiens n'avaient pu parler des anciens Rois du pays. Enfin, il est si attentif à se montrer comme simple traducteur, qu'il a soin de marquer un endroit incomplet dans l'original, et il avoüe qu'il y a suppléé avec les lumières du même archidiacre (2).

D'ailleurs, comment peut-on soutenir que Geffroy de Monmouth a inventé les faits qu'il raconte, quand ils sont en partie consignés dans les ouvrages de Nennius et du Faux-Gildas, qui écrivaient plus de 300 ans avant lui? Guillaume de Malmesbury, qui composait son histoire dans

---

(1) Vita Merlini Caledonii.
(2) Hist. Briton. lib. VII. cap. 7.

le

le même temps que Geffroy travaillait à sa traduction du Brut, ne dit-il pas qu'à cette époque les exploits d'Artur étaient chantés par les Bretons, et conséquemment que les fables sur lesquelles ils reposaient, étaient antérieurs à Geffroy, qui ne faisait alors que les mettre en latin (1)? Guillaume de Newbridge et Mathieu Paris ne reconnaissent-ils pas, le premier, que le Brut est composé d'après les fables Bretonnes; le deuxième, que Geffroy n'en est que le traducteur (2)? Gaimar n'avoue-t-il pas qu'il a mis le Brut en vers français, d'après les manuscrits Gallois, comme Geffroy l'avait traduit des manuscrits Armoricains (3)? Silvestre Girard ne déclare-t-il pas, qu'effectivent les habitans du pays de Galles avaient le Brut dans leur langue, et sa fabuleuse généalogie jusqu'à Adam (4)? Enfin, quand il résulte du témoignage de tous les auteurs contemporains de Geffroy de Monmouth, que son histoire était une traduction des

(1) Malesbury loco citato.

(2) Guill. Newbrig. loco supra.
Math, Paris. hist. ad ann. 1151.

(3) Gaimar, préface de l'Histoire des Rois anglo-saxons, en vers français, Brit. mus. Bibl. reg. 13. A. xxi.

(4) Camb. descrip loco supra.

fables Bretonnes , comment peut-on l'accuser aujourd'hui de l'avoir fabriquée ?

Il me semble , d'un autre côté, que si Geffroy de Montmouth eût voulu en imposer à ses lecteurs , et donner aux merveilles qu'il raconte, une apparence de vérité, il aurait pu , en imposteur adroit, s'appuyer sur une autorité qui , à cette époque, eût donné le plus grand poids à son ouvrage ; je veux dire celle des Hagiographes. En effet , on trouve dans les légendes du moyen âge beaucoup de faits personnels ou relatifs à Artur et à ses Chevaliers. Ainsi, les exploits du premier étaient rapportés dans la vie de St-Dubritius , et chantés dans la cathédrale de Landaff bien des siècles avant que Geffroy eût pensé à mettre en latin la fabuleuse histoire des Bretons (1). On voit dans la vie de S. Gildas l'enlèvement de la femme d'Artur par Melvaz , comté de Somerset , le mari assiégeant le ravisseur dans Glastonbury , et le S$_t$. rétablissant la paix entre les deux Princes (2). La vie de S.

---

(1) Joh. Price hist. Brit. defensio , p. 127.

(2) Acta. SS. Scotiæ et Hibern. p. 178 et seq. a joh. Pinkerton edita.

Usserii antiq. ecclesiæ Britan. passim de Arturo. Et vita S. Gildæ à Caradoco de Laucarvau , *ibid.*

Pair, évêque de Vannes, atteste les courses mi-
litaires du même Artur sur le continent, la pu-
nition miraculeusement exercée par le S^t. Pontife
contre ses violences, et les ravages commis dans
l'Armorique par Carados, un des héros de la
table ronde (1). On lit dans la vie de S. Paul de
Léon la conversion du Roi Marc, mari de la
Blonde Isolt, et la fidèle amie de Tristan de
Léonois (2); et l'on trouve dans celle de S. Ken-
tegern, évêque de St-Asaph, comment les Jongleurs avaient altéré jusqu'aux noms des Héros de
la table ronde (3). Enfin, avec tous ces faits, et
beaucoup d'autres qui ne sont que généralement
énoncés dans les légendes du moyen âge, Geffroy de Monmouth eût facilement fait croire à
ses lecteurs que les développemens donnés à ces
faits, ou par lui-même, ou par les Jongleurs et
les Romanciers, étaient incontestables.

C'est peut-être d'après ces légendaires que Robert Wace soutenait que tout n'était pas vrai,
mais aussi que tout n'était pas faux dans les vies
d'Artur et de ses Chevaliers. Mais, que Geffroy
de Monmouth ait inventé tout ce qu'il y a de

------

(1) Bolland. ad diem 15 aprilis.
(2) Bolland. ad diem 12 martii.
(3) Pinkerton loco citato.

fabuleux dans ses ouvrages , c'est une accusation que repoussent les écrivains de son siècle ;
et les Modernes , comme Vossius, Leland , Ellis ,
etc. , se joignent à eux pour justifier sa mémoire de toute inculpation à cet égard (1).

Une troisième objection résulte d'une opinion
particulière à le Grand d'Aussi. Il avait très-
bien observé que les Trouverres conviennent que
leurs poésies sont souvent traduites de celles des
Bretons. Mais il prétendit qu'à ces époques re-
culées , on avait la manie d'annoncer quelques
ouvrages comme traduits de l'Anglais ; enfin ,
selon lui, c'était alors , comme de nos jours , une
pure charlatanerie (2).

D'abord , cette opinion confond les *Bretons*
avec les *Anglais* , et les auteurs , soit latins, soit
français des XIIe. et XIIIe. siècles , ne manquent jamais de les distinguer : on peut facile-
ment s'en convaincre en parcourant seulement
les tables des différentes collections des historiens de l'Angleterre. Il n'y avait en effet de
Bretons dans cette île que les habitans du pays
de Galles , et les historiens ne leurs donnent

---

(1) Vossius de hist. latinis , p. 419 et 453.
Ellis , vol. 1 , p. 85 et seq.
(2) Fabliaux , vol. 4 , p. 329.

pas plus ce nom qu'aux Anglais ; ils les nomment toujours Gallois. Les Rois d'Angleterre
n'ont eux-mêmes commencé qu'à Jacques 1er.,
à prendre le titre de Rois de la Grande-Bre-
tagne. Ainsi, le Grand d'Aussi a confondu les
peuples, les auteurs et leurs écrits.

Mais si, comme il le prétend, on eut jadis
la manie d'annoncer des ouvrages qu'on disait
traduits de l'Anglais, il faut qu'il convienne
que dans son opinion, il devait exister alors une
littérature anglaise : car, dire au public qu'on
a traduit un ouvrage d'après une langue quelconque, c'est supposer que le peuple qui la parle
a une littérature connue, dont on peut traduire
les originaux. Mais le Grand d'Aussi eût été
probablement très-embarrassé, si on lui eût de-
mandé de faire connaître celle des Anglais à
l'époque des XIIe. et XIIIe. siècles. En effet,
presque tous les ouvrages furent alors écrits en
français, et la littérature anglo-normande de cet
âge fut toute dans notre langue. On ne trouve,
pendant les deux siècles dont nous parlons, que
deux ouvrages pour lesquels leurs auteurs firent
usage de l'anglo-saxon, et qui sont dans le genre
qui nous occupe ; le premier est une traduction
du Brut de Robert Wace, faite en 1185 par
Layamon, prêtre d'Erneley sur la Saverne ; et,

de l'aveu de tous les critiques modernes, elle est
écrite en Saxon barbare et non pas en Anglais
(1). Le deuxième est encore une traduction du
Brut, faite par Robert de Glocester vers l'an
1280, mais tellement sans imagination, sans
art, que Warton préfère à sa prose rimée, la
prose latine de Geffroy de Monmouth (2). Enfin,
le célèbre Johnson convient que le langage de
Robert de Glocester n'est ni Saxon ni Anglais
(3). Ainsi, pendant deux siècles, deux écrivains
mettent dans un patois presque inintelligible aujourd'hui, un Roman originairement Breton, et
ensuite traduit en vers français par les Normands,
voilà tous les ouvrages anglais de cet âge; c'est-
à-dire, que quand il n'existait pas de littérature,
ni même de langue anglaise, le Grand d'Aussi fait
aller les Trouverres prendre, dans ce trésor idéal,
les richesses de notre première littérature.

Mais si les poëtes Français avaient eu la
manie que leur suppose le Grand d'Aussi, il devait nous dire au moins les motifs qui déter-
minèrent les poëtes anglo-normands à l'adopter,
et nous expliquer comment tant d'auteurs de

(1) Bibl. Cotton. Caligula A. ix.

(2) Hist. of the english poetry.

(3) Hist. de la langue anglaise à la tête de son diction.

différens siècles, de différens pays, ayant des goûts et des caractères si opposés, s'étaient tous réunis pour prendre le titre modeste de *traducteur*, quand ils étaient réellement des auteurs, et des auteurs intéressans. Enfin, il devait surtout nous apprendre comment on doit entendre les versificateurs anglais du XIVe. siècle, lorsqu'ils disent avoir traduit des *Lais bretons :* car si par ces derniers mots il faut entendre des Lais anglais, comme le veut le Grand d'Aussi, cela signifiera qu'ils ont traduit de l'anglais en anglais. Laissons une opinion que rien n'appuie et qui tombe d'elle-même.

Le même auteur est encore plus mal fondé, lorsqu'il affirme que nos Trouverres se vantent très-fréquemment d'avoir traduit du grec en latin, *quand ils veulent traiter un sujet de la table ronde* (1). La réponse à cette objection est facile, c'est que pas un seul n'a dit avoir traduit du grec des fables ou des romans de cette classe. J'ai compulsé tous les manuscrits de Londres et de Paris, qui renferment des ouvrages de ce genre ; j'ai cherché sur-tout avec soin les sources où ces romanciers avaient puisé, et encore une fois, aucun d'eux n'a dit avoir traduit du grec.

____

(1) Fabliaux, vol. 4, p. 329.

A la vérité , ils prétendent quelquefois avoir traduit du latin. Mais combien de Romans de la table ronde n'avons-nous pas encore aujourd'hui dans cette langue ? Nennius , le faux Gildas , le Brut d'Angleterre , la vie de Merlin , ses Prophéties , le Roman du chevalier au Lion , celui de Joseph d'Arimatie , etc. , ne sont-ils pas dans toutes les grandes bibliothèques ? N'y trouve-t-on pas également en latin le Roman de Charlemagne , par Turpin , et celui du voyage de cet Empereur à Jérusalem ; le Roman d'Ogier le Danois , celui d'Amis et Amilion , celui d'Athis et de Porphilias , *alias* du siége d'Athènes , ceux d'Alexandre , du Dolopatos , etc. , etc. (1) ? Enfin , n'avons-nous pas un grand nombre de nos fabliaux dans le *Disciplina clericalis ,* de Pierre Alphonse et dans le *Gesta Romanorum ?*

On dira peut-être encore qu'on ne retrouve aujourd'hui aucun des originaux Armoricains

---

(1) Hist. Britonum à Galf Monemuthensi.

Vita Merlini Caledon. versibus. hexam. ab eodem. loco cit.

Merlini Prophetiæ ab eodem.

Hist. de Ivento Regis Arturi in Anglia pugile inter magnates carissimo , continens ejus cum gigantibus et blamannis plurima atque periculosa certamina. *Hickes.*

vantés par les Trouverres , et qu'il est inconce-
vable qu'il ne nous soit rien resté de tous ces
ouvrages. Je réponds que je n'ai fait aucune re-
cherche sous ce rapport , et que j'ignore s'il faut
perdre tout espoir de découvrir un jour quelques-
uns de ces anciens monumens littéraires. Mais
en le supposant , peut - on raisonnablement en
conclure qu'ils n'ont jamais existé , quand tant
d'auteurs de différens âges et de différens pays ,
attestent le contraire ? Serait-on fondé à soutenir
que les Grecs n'ont pas eu leurs *fables Mile-
siennes* , parce qu'elles ne sont pas parvenues
jusqu'à nous ? Oserait - on dire que Sidoine
Apollinaire était un imposteur , lorsque dans le
V^e. siècle il a parlé de ces fables comme les
connaissant très-bien (1) ? Qualifierait-on égale-

---

*thes. litt. sept. loco citato et catalog. Mss. Bibl. reg.
Holm.*

Conversio Othgerii militis et Benedicti ejusdem socii.
Mss. de St-Germain , n°. 1607.

Amelii et Amici vita versibus hexam. *Bibl. royale
de Paris , Mss.* n°. 3718.

Gesta Alexandri magni. *Voyez Bayle au mot Esope.*

Le texte latin des Romans du faux Darès , du faux
Turpin , de Barlaam et de Josaphat , du Dolopatos ,
etc. , etc. , peut être trouvé partout.

(1) Sidon. Apoll. libr. 7, epist. 2.

ment le poëte Fortunat, parce que dans le sièele suivant, il a vanté les Lais et la musique des Bretons (1) ? Je ne sais si je me trompe, mais il me semble que s'il était permis de contester aux Armoricains les ouvrages que tant d'auteurs leur attribuent, on anéantirait bientôt la certitude historique.

D'ailleurs observons en finissant, que si le temps nous a dérobé les manuscrits Armoricains, c'est que l'étude de la langue bretonne était dans le moyen âge, comme de nos jours, une tâche que les gens-de-lettres embrassaient difficilement; et delà sans doute beaucoup d'insouciance pour la conservation des manuscrits. Abélard, né Bas-Breton, et long-temps abbé de St-Gildas en Basse-Bretagne, ignore la langue de son pays et s'embarrasse peu de l'apprendre (2). Silvestre Girald, né dans le pays de Galles, convient qu'il a été obligé d'appeler les hommes les plus versés dans la langue galloise pour traduire les poésies de Merlin. Il qualifie le texte original de Barbarie bretonne (*Britannica barbaries*). Enfin, il avoue que si beaucoup de Bardes savaient par cœur ces anciennes poésies, très-peu les avaient

______

(1) Venan. fortun. opera loc. cit.

(2) Abœlardi epist. 1°.

par écrit : *a Britannis Bardis verbotenus penes plurimos , scripto vero penes paucissimos retenta* (1). Il paraît même que le langage bas-breton choquait dès le IXe. siècle les oreilles françaises. Ecoutons un religieux de l'abbaye de Fleury , qui traduisit en latin à cette époque la vie de S. Paul de Léon : « J'ai trouvé , dit-il ,
» la vie de ce Saint , écrite en langue Armo-
» ricaine , et cette langue inusitée rebute les
» gens studieux. Mais que mes lecteurs se ras-
» surent : si j'ai conservé des noms bretons dans
» ma traduction , c'est que je n'ai pu faire au-
» trement , et je réponds que j'en ai élagué un
» grand nombre (2). » Ainsi , pour vaincre cette répugnance des gens-de-lettres pour la langue Armoricaine , il fallut sans doute les rapports nécessaires et intimes entre les Bretons et les Normands , et sur-tout le goût de l'étude toujours dominant chez les derniers , pour leur faire pren-

------

(1) Usserius loco supra citato.

(2) Hujus sancti viri gesta scripta quidem reperi , sed Britannica garrulitate ita confusa , ut legentibus fierent onerosa.... Inauditum locutionis genus quosque studiosos à lectione summovebat.... Nec turbetur lectoris animus absonis Britonum nominibus quæ interposuimus , quia hæc vitare ex toto non potuimus ; vitavimus quidem , plurima , etc. *Bolland. acta ss. ad diem duodecimam martii.*

dre celui de la langue et de la littérature de l'Armorique.

C'est encore un normand qui fait revivre dans
ce mémoire les titres littéraires de la Bretagne;
mais c'est aux littérateurs de cette province
de les multiplier par de nouvelles recherches,
et de les faire valoir pour l'honneur de leur
pays.